JN419532

고스란히, 가지런히, 숨결, 낮잠,
맨드라미, 엽서, 중력과은총, 사뿐,

고승혜 타자기 씀
2025. 가을

찰스 부코스키 타자기

wefic

찰스 부코스키 타자기

박지영

위즈덤하우스

차례

찰스 부코스키 타자기 ·· 7

작가의 말 ·· 93

박지영 작가 인터뷰 ·· 99

1 생애전환에 동의하십니까

두 번째 생애전환기 건강검진을 앞두고 승혜는 고민이 많았다. 위태위태하던 혈당과 혈압 수치를 안정적으로 낮추고 불어난 체중을 조금이라도 줄이기 위해 하루에 한 시간씩 하던 산책을 오전 10시와 저녁 7시, 하루 두 번 두 시간씩 하는 동안에도 내내 그 생각뿐이었다. 천변을 산책하며 마주치는 모든 것들에—사람은 아니었다. 사람은 애고

어른이고 남자고 여자고 지겨웠다―자신을
대입해보았다. 선선한 바람에도 쉽게
흔들리는 대가 가늘고 긴 들꽃이나 갈대는
연약해 보여 그다지 끌리지 않았다. 연약하게
사는 건 지난 60여 년의 생으로 충분했다.

　비가 와서 물이 불어나면 장엄한
레퀴엠처럼 거세고 박력 있게 흐르는
실개천은 어떤가. 가물 때도 피아노 소품처럼
소박하고 우아하게 흐르는 것이 적당히
무심해 보이기도 하고 재잘거리다 소곤대다
때로는 호통치는 소리에 귀가 내내 심심치
않고 즐거울 것 같아 꽤 마음이 기울었다.
그러나 어느 날의 산책길에 적잖이 큼지막한
똥 덩어리 하나가 둥둥 물 위로 떠내려오는 걸
보고는 영 마음이 뜨고 말았다.

　평생 변비 아니면 설사,
과민성대장증후군으로 고생해왔다. 아는

사람은 안다. 과민성대장증후군이라는 병이 별것 아닌 성싶은 이름과 증상으로 얼마나 삶의 질을 악화시키는지. 누군가는 승혜가 그것 때문에 평생 제대로 된 직장 생활도 못 하고 인간관계도 실패했다 하면 핑계라 생각하겠지만 아니었다. 멀쩡하게 사회생활을 하다가도 채소나 유제품을 조금만 양껏 먹어도 가스가 차고 수시로 방귀가 나오는 통에 당한 수모와 치욕을 생각하면 정말이지, 더 이상은 배설과 관련되어 흉한 꼴을 감내하며 생을 이어가고 싶지 않았다.

뭐든 좋으니 죽을 때까지 내가 싼 똥은 내가 치우며 살고 싶었다. 똥 싼 자리 역시 막 청소를 끝낸 5성급 호텔 화장실처럼 청결하게 마무리하며 삶을 정리하고 싶다는 게 승혜의 마지막 간절함이었다. 이왕이면 아예 똥 같은 건 안 싸는 생이면 더 좋겠지.

그러자면 동물이건 식물이건 먹고 마시고 숨
쉬고 그것이 산소일지라도 무언가를 배출하며
용쓰듯 삶을 뽐내는 것들은 제외하는 편이
나을 성싶었다.

　　지압 돌은 좋았다. 보기에도 단단하고
손에 쥐면 작고 가벼운 주제에 제 한 몸 한껏
힘내어 묵직한 것이 만만치 않은 삶의 무게가
느껴지는 점도 좋았다. 승혜가 자주 다니는
산책로에 있는 지압 구간의 자갈들이 특히
마음에 들었다. 운동화를 신어도 발바닥을
뭉근하게 눌러주는 압박감이 느껴졌다.
발바닥으로 문지르면 저들끼리 자글자글
부딪쳐가며 모질지 않게 끓는 소리를 내는
것도 정이 갔다.

　　사람 없는 틈을 타 운동화와 양말을
벗고 맨발로 자갈 위를 걷기도 했다. 한번은
엄지발가락 크기의 매끈하고 검은 자갈이

유독 마음에 들어 몰래 주머니에 넣어
돌아왔다. 그것을 동네 문화센터에서 만든
유리 화병에 넣고 이틀에 한 번씩 물을
갈아주었는데 그러다 보니 저 돌도 누군가의
전환기 이후의 생일 수 있겠다는 생각이
들었다. 그렇게 생각하니 길을 걷다 발끝에
채는 깨어진 보도블록 조각도 귀하고 여름날
밤잠을 설치게 하는 모기도 귀했다. 다
누군가가 제 남은 절반의 수명을 반납하고
자유의지로 선택한 귀한 생일지도 몰랐다.
전환하지 않았다 해도 애초에 번연하게
존재하는 것들인데 그전에는 그것이 저마다
귀한 본질이라는 생각을 못 했다는 게 어쩐지
우스웠다. 생애전환기가 되어서야 겨우 인간
중심의 사고에서 벗어날 수 있게 된 것도
우습지만 실은 그런 척할 뿐 조금도 벗어나지
못한 점이 더 우스웠다. 어쩌면 그래서 인간의

생을 중단할 결심이 확고히 든 건지도 몰랐다.

　　어쨌거나 그 귀한 생을 이렇게 함부로
가져와 소유하는 건 예의가 아니지 싶어
다시 원래 있던 산책로의 지압 보도에
놓아주기로 했다. 자신의 의지와 상관없이
인간으로 태어나 평균수명의 절반에 해당하는
반평생을 살고 나서야 겨우 주어지는
생애전환의 기회에 돌을 선택하는 마음에
대해서, 돌 중에서도 속세를 벗어난 산 정상의
흔들바위나 해변의 모래알이 아니라 사람들이
애면글면 살아가는 도심의 산책로에서 밟히는
지압 돌로 남기를 선택하는 마음에 대해서,
승혜는 뭉근한 쓸쓸함 같은 것을 느끼고는
지압 돌을 잠시나마 손안에 꼭 쥐었다가
바닥에 내려주었다. 그러고는 모르는 생을
위해서도 무언가를 빌어주고 싶은 희미하나
결 고운 마음을 모아 발로 지그시 꾹

밟아주었다. 발바닥을 밀어 올리는 기분 좋은
압박이 전해져왔다. 돌이 된 후에도 힘껏
살아내고 있는 생의 의지가 느껴져 승혜는
조금 가슴이 답답해졌다. 그저 협심증이나
고지혈증 때문일 수도 있지만.

❖

　　다음 생은 어떤 모습으로 어떻게
살아갈지 자율적으로 선택 가능한
생애전환기는 살면서 단 두 번 돌아온다.
생애전환 시행령이 국민 법안으로 채택된
이후, 사람들은 만 40세와 만 66세에
공단에서 시행하는 생애전환기 건강검진을
받음과 동시에 생을 전환할 것인지 말
것인지를 선택하게 되었다.
　　첫 번째 생애전환기에는 이대로 평생을,

태어난 그대로 타고난 조건을 유지한 채 살다
죽을 것인지 아니면 전환을 할 것인지의
가부를 결정하고 그 선택을 공단에 통보해
데이터를 공유하는 데 주력한다. 물론 그때에
바로 전환을 확정 짓고 자신이 자유의지로
선택한 다음의 생으로 넘어가기를 원하는
사람도 없지 않다. 그러나 이 시기에는 훨씬
더 까다로운 기준이 적용된다. 아직 사회
구성원으로서 활발한 경제활동을 해야 할
소득 인구 구간이자 출산 가능 인구에 속하기
때문이다.

　　젊음은 비싸다. 물론 전환에 드는 사회적
비용 역시 두 번째 생애전환기에 드는
비용보다 월등히 높을 수밖에 없다. 이
시기에는 전환에 대한 사회적 요구보다
개인의 욕구가 앞서기 때문에 비용 역시
개인과 사회가 절반씩 부담하게 된다. 그렇다

해도 전환을 통해 환수되는 사회적 비용보다 전환에 드는 비용이 더 높게 계측된다.

그로 인해 공식적으로는 평균수명 120세를 기준으로 최소한 반평생은 살아낸 이후 전환하는 것이 주어진 생에 대한 엄정한 존중이며 전환 이후 돌이킬 수 없게 된 지난 생에 대한 미련이나 후회를 최소화하는 과정이라며 두 번째 생애전환기의 전환을 권고한다. 그러나 실은 사회적 손실 비용이 크다는 것이 첫 번째 생애전환기의 전환을 만류하는 가장 핵심적인 이유다.

그리하여 첫 번째 생애전환기에는 전환에 대한 가부간의 결정만 공단에 알리고, 전환 예정자들은 20여 년이 넘는 시간 동안 충분한 준비와 숙고를 거친 끝에 두 번째 생애전환기에 최종 선택한 형태의 삶으로 전환하게 된다. 그것이 오늘날 가장 보편적인

찰스 부코스키 타자기

생애전환 과정이다.

　승혜도 마찬가지였다.

　첫 번째 생애전환기에는 전환을 할
것인지 말 것인지만 결정했다. 당장 전환을
해도 특별히 아쉬울 건 없었지만 급할 것도
없었다. 굳이 내 돈을 들이면서까지 서둘러
하고 싶지도 않았고 그럴 여유도 없었다.
지금 삶이 대단히 만족스러운 일부 특권층과
확고한 개인적 신념이나 종교적 이유로
전환을 고려하지 않는 보수층들, 그리고
그때까지 갈피를 잡지 못하고 결정을 보류한
중도층을 제외한 소득 하위 70퍼센트의
중장년층, 전환을 결정하지 않으면 지금부터
아등바등 벌어봐야 수익의 절반을 노후
자금으로 묶어놓고는 미래 자신이 부양할
무용한 노인을 위해 지금 자신이 누릴 수
있는 것들, 대단한 것도 아니지만 평범한

삶을 살아내기 위한 작은 여유와 즐거움을
포기해야 하는 사람들 대부분이 만 66세에
맞이하는 두 번째 생애전환기에 인간의 생을
지속하는 것보다는 생명 유지 비용이 확실히
덜 드는 다른 종으로 전환을 하겠다고 결정을
내렸다.

　　그건 매우 합리적이고 현명한 결정으로
보였다. 그 결정을 따르지 않는 생산성
없는 하위 계층의 노인들은 이기적이고
사회를 노후화시키는 암적 존재라는 지탄을
피할 수 없었다. 그런 의미에서 생애전환
시행령이 윤리적인 문제로 쉽게 통과되지
못한 안락사를 안락한 생으로 바꾸어
눈속임을 하는 것에 지나지 않는다고
반발하는 단체들도 없지 않았다. 그러나 정작
당사자라 할 수 있는 연고 없고 노후 자금
없이 가난하게 홀로 병들고 아프게 늙어갈

일만 남은 노인들이 생애전환 시행령을 가장
반기고 기대하기도 했으므로, 그런 논의조차
등 따뜻하고 배부른 자들의 탁상공론으로
치부되었다. 그런 사회적 분위기 속에서 승혜
역시 전환을 결정하는 건 조금도 어렵지
않았다. 고민할 것도 없었다.

　　40년 평생 중 절반은 학생으로
살았고 절반은 친척이 소개해준 건축
현장 사무실에서 경리로 지냈다. 불만은
없었지만 일에서 보람을 얻거나 삶의 의미나
재미를 찾으려는 생각은 해본 적도 없었다.
인간 여자 고승혜로 사는 건 지난 40년,
그리고 앞으로 남은 26년으로도 충분했다.
충분하고도 넘쳤다. 뭐 대단한 삶이라고
이대로 평균수명 120세를 채우길 원하겠나.
주변에서 특별한 신념도 없고 풍족한 노후가
보장된 상위 특권층에 속하지 않으면서도

전환을 희망하지 않는 사람들을 보면 절반은
사회적 성공과는 무관하게 개인적인 성취를
이루려는 욕망을 버리지 못한 사람들,
그러니까 자신의 삶이 아직도 가치 있고
빛나는 불확실성으로 가득 차 있으리라 믿는
몽상가나 나르시시스트들이었다. 그중에도
가장 한심한 부류는 자신의 성취가 인류의
성취가 될 거라고 믿는 사람들, 되지도 않는
영웅 심리에 취한 사람들이었다. 남은 절반은
아직 자신을 필요로 하는, 사랑해 마지않거나
책임지고 돌봐야 할 가족이나 갚아야 할 빚이
있는 경우였다.

　　승혜는 둘 중 어느 쪽도 아니었다.
그러니 전환을 선택하는 게 너무나 당연했다.
스스로도 그랬지만 인류 공생과 진화생물학적
관점에서 봐도 그게 당연하고 옳은
결정이었다. 그래서 아무 고민 없이 검진표의

전환 관련 문항에 다음과 같이 체크할 수
있었다.

Q. 생애전환기에 다른 생으로의 전환을
희망하십니까?

예 ☑ / 아니요 ☐

Q. 모든 답변 내용은 생애전환 시행령에
따라 공단에 등록되어 절차에 따라 해당
부처와 공유되며, 통계에 활용될 수 있습니다.
동의하지 않는 경우 희망하는 생으로의
전환이 어려울 수 있습니다. 동의하는 경우
다음 문항으로 넘어갑니다. 동의하십니까?

동의합니다 ☑ / 동의하지 않습니다 ☐

2 유보된 생

문제는 '예'를 선택했을 경우에 적어 내야 하는 마지막 문항이었다.

Q. 어떤 생으로 전환하기를 희망하십니까? 3지망까지 구체적으로 적어주세요.

1지망:

2지망:

3지망:

3지망까지 적어 내라니. 다른 사람들은 희망하는 생이 세 가지나 되는 걸까? 승혜는 세 개의 빈칸을 막막한 심정으로 노려보며 새삼 그동안 왜 전환 이후의 생에 대해

구체적으로 생각해보지 않았는지 후회했다.
위내시경 검사는 여덟 시간 금식하고 오라고
사전에 안내해주면서 왜 이렇게 중요한
내용은 미리 준비해 오라고 알려주지
않았는지 원망스럽기도 했다. 어쩌면 너무
당연해서 고지할 필요도 못 느끼는 것을 나만
멍청하게 아무런 준비 없이 검사를 받으러 온
것일까.

　　남들은 무엇으로 다시 태어나길 꿈꾸는가.
승혜는 제 앞쪽에 앉아 검진표를 적다 말고
무언가를 골똘히 생각하는 남자의 어깨너머를
흘깃거렸다.

　　뭐요?

　　술은 일주일에 4회, 담배는 끊은 지 1년 된
남자가 등 뒤의 시선을 느꼈는지 뒤돌아보며
물었다.

　　뭐가요?

    머쓱해진 승혜가 모른 척 딴청을 피우자
남자가 허 참, 어이없다는 듯 한숨을 쉬고는
손바닥으로 승혜의 시선을 차단하며 다시
검진표를 작성했다. 정답이 있는 문제의
답을 베끼겠다는 것도 아니고 뭐 대단한
비밀이라고 유난을 떠나. 어차피 몸에서 덜
말린 빨래 냄새가 나는 저런 남자가 꿈꾸는
전환기 생은 승혜가 원하는 생과는 한참
거리가 멀 터였다. 그래, 저런 여자의 전환기
생이라면 또 몰라. 승혜는 막 검진표를 받아
들고 대기 의자에 앉는 여자를 보았다.
어른 여자가 되면 자연히 저런 모습이
될 줄 알았는데. 여자는 승혜가 추구하는
이상적인 성인 여성의 모습을 하고 있었다.
성숙하고 차분한 스타일이 꼿꼿한 자세와
우아한 걸음걸이에 잘 어울렸다. 결핍이라곤
없어 보이는 저런 사람도 전환 이후의 생을

꿈꾸거나 기다릴까, 그렇다면 무엇이 되고
싶어 할까. 좋은 취향을 가진 여자가 지향하는
생이 궁금해진 승혜는 화장실에 가는 척
일어나 여자의 뒤쪽으로 자리를 옮겼다.
대각선 앞쪽에 앉은 남자가 그런 승혜의
모습을 보더니 비웃듯 한쪽 입꼬리를 올렸다.
내가 뭘 염탐하건 저나 잘할 것이지. 승혜는
불쾌한 기색을 숨기지 않고 돌려주려다가
그런 제 꼴이 문득 우스워져 실소하고 말았다.
태어난 채로 40년을 남들의 기준에 맞춰
튀지 않고 들키지 않는 걸 목표로 죽은 듯이
살아놓고, 내가 선택한 물질, 혹은 비물질로
생을 전환할 수 있는 기회가 생겼는데
그것조차 남들의 욕망, 남들의 선택을
기웃거리며 흉내 내어 결정하려 하다니.
남들의 시선과 생각에 좌우되는 주체성 없는
자신의 삶의 태도가 징글징글하고 한심하게만

느껴졌다.

　나는 무엇이 되고 싶은 걸까. 사랑하는 사람들끼리는 나중에 어디서 무엇이 되어 다시 만나자는 약속도 한다는데, 승혜에게는 이번 생을 지나 다음 생에서까지 다른 모습으로 만나고 싶은 사람도, 그런 부질없고 낭만적인 약속을 할 감정도 남아 있지 않았다. 그러니까 인간 여자 고승혜로 66년을 살고 나면 더 살아봐야 남들한테 폐나 끼칠 테고 더 이상 새로울 것도, 재미날 것도 없을 터이니 대충 지루한 생을 마감하고 다른 생으로 넘어갈 수 있어 다행이라고 생각했을 뿐, 구체적으로 어떤 식으로 전환 이후의 생을 살아갈지는 딱히 깊게 생각해본 적이 없었다.

　어차피 전환까지 26년이나 남았는데 왜 벌써 이런 걸 적어 내라는 걸까. 명목상으로는 각각의 시기에 하나의 종으로의 전환

비중이 너무 높거나 낮아져 생태계의 균형이
파괴될 경우를 우려해 최소한의 조율을
준비하고 전환에 따라 소요될 자원이나
비용 등을 사전에 예측해보기 위함이라고
했다. 그중에서도 사람으로의 전환을
희망하는 사람들을 미리 파악해 허용 여부를
판가름하고 집중적으로 추적 관리하기 위한
목적이 가장 큰 듯싶었다.

　사람으로 사는 게 뭐 그리 좋았기에
수많은 선택지가 있는데 또다시 사람을
선택하는 걸까. 승혜는 이해할 수 없지만
인간에서 인간으로의 동종 전환을 원하는
사람들도 적지 않았다. 사람으로 전환을
희망하는 경우는 신체적 정신적 건강과 경제
사정에 대해 특히 까다로운 심사 기준이
적용되는데도 그랬다. 연령이나 성별,
인종이 바뀔 경우에는 고려할 사항이 더욱

광범위해져 당연히 개인이 지불해야 할
비용도 높아졌다. 희망한다고 해도 건강과
재산, 명성과 업적과 인품, 도덕성과 공익성에
성장 가능성까지, 인류의 미래를 짊어질
차세대 스페셜리스트라도 뽑는 양 엄중한
기준이 적용되기 때문에 적합 판정을 받는
경우는 희망자의 10퍼센트 미만이라고 했다.
그러니까 사람으로의 전환을 희망한다면 다음
생애전환기까지 신체적 정신적 건강 상태 및
경제력과 인간 사회 구성원으로서의 공익성과
효용과 가치 판정 수치를 최대한 끌어올려
전환 이후에도 인간으로 살아가며 사회에
부담을 지우지 않고 스스로를 돌보고 공적인
성장 발전에 기여할 만한 건강과 능력과
재산과 사회적 이념과 배치되지 않는 공정한
신념이 충분하다는 것을 증명해야 했다.
그러고도 애정 어린 가족의 지지 성명서 및

신원 확실한 각 세대별 추천인 세 명의 추천서
역시 첨부해야 했다.

　　그렇게 준비해도 막상 두 번째
생애전환기에 도달해 건강이나 재산,
세금이나 건강보험료 체납 여부 등 생각지
못한 곳에서의 부족함이 드러나 다른
사람으로의 전환이 불가능하다는 판정을 받는
경우가 종종 있었다. 그 좌절감을 극복하지
못하고 다른 생으로의 전환도 포기한 채 남은
평생을 동종 전환에 실패한 노인인 채로
어영부영 살아가는 대책 없는 늙은이들이
새로운 사회적 문제로 대두되기도 했다.
그럴 경우 사회는 한정된 예산 안에서 공적
손실을 감수하며 한 사람의 노인을 부양하기
위한 기초 생계 비용을 부담할 수밖에 없게
되었다. 한 사람의 노인 부양에 드는 비용이면
전환 이후의 생명은 그것이 아무리 덩치가

큰 야생동물이거나 섬세한 돌봄이 필요한
희귀 보호종일지라도 최소 열, 스물, 백의
생명까지도 충분히 돌보고 관리할 수 있었다.

　　그러니 가진 것도 없는 주제에 전환을
선택하지 않고 늙고 병드는 노인들에 대한
시선이 고울 리 없었다. 그래서 공식적으로는
주어진 생을 아낌없이 쓰고 난 후, 남은 생은
진정 원하는 삶, 자신이 선택한 삶을 살 수
있는 기회라며 전환 이후의 안락한 생을
홍보하지만, 그것이 실은 사회에 득보다 실이
많은 노인 빈곤층에게 안락사를 권고하는
대신 윤리적 갈등 없이 유사한 결과를
도출해내기 위해 허울만 안락과 존엄한 생의
탈을 쓴 비윤리적이고 발칙한 자살 권고나
다름없다는 반발도 당연히 뒤따랐다.

　　그러나 누구보다 그 대상이 되는 하류
계급 노인들이 전환으로 얻을 수 있는

또 다른 생의 기회를 원했다. 그것만을
고대하며 두 번의 생애전환기 사이를 버티며
살아가는 이들도 적지 않았다. 경제적 불안과
노후에 대한 근심이 더해져 과격한 사회
불만층으로 독버섯처럼 자라날 수 있었던
다수의 중장년층이 마음의 평화를 얻었다.
실패와 좌절을 경험한 이들도 일찌감치
생을 포기하는 대신 어떻게든 66세까지
생을 이어갔다. 생애전환 시행령 이후 늙고
병들어도 인간으로 살아갈 자유, 늙을 권리와
생존의 의무는 빼앗겼지만 그것은 권리도
의무도 아니고 단지 노욕에 불과하다고들
했다. 몇 명의 사회 지도층이 자신들의 특권을
모두 포기하고 퇴비가 되거나 반석이 되거나
어두운 골목길의 가로등이나 밤바다의
탐조등이 되기를 선택하면서 크나큰 울림을
주었다. 개인의 윤리를 사회적 윤리보다

앞세우는 것은 윤리적이지 못한 태도로
비난받았다. 생애전환 시행령이 바로 자리
잡은 것은 아니지만 그 갈등과 논의의 과정은
매우 짧고 은밀하게 이루어져서 커다란
사회적 변혁이 일어날 때 어떤 결정권도 갖지
못하는 대부분의 평범한 사람들은 2년에
한 번씩 국민건강검진을 받듯 자연스럽게
생애전환기 검사와 함께 전환기 이후의
새로운 생을 선택하는 방식을 받아들이게
되었다.

❖

결국 승혜가 첫 번째 생애전환기에 적어
낸 1지망은 맥반석이었다. 막연히 뭔가 좋은
게 되고 싶었다. 그래서 최근 자신을 기분
좋게 해준 게 무엇인가 떠올려보았고 그러자

지난 주말, 몸이 찌뿌둥해 간 찜질방에서 맥반석 찜질을 하고 맥반석 달걀에 살얼음 동동 뜬 식혜를 먹고 땀을 흘렸더니 새로 태어난 것처럼 몸이 개운하고 묵은 고민도 해소된 기분이 들었던 게 생각났다. 다음 날 아침에는 평생의 숙원인 숙변을 보았고 덕분에 복부팽만감도 사라지고 몸무게도 1킬로그램 가까이 줄어들었다. 그러니 맥반석이 되면 좋을 것 같았다. 뜨끈하게 등을 지질 수도 있고 쫀득한 맥반석 달걀을 구울 수도 있는 따끈따끈하고 반질반질한 천연석.

뜨겁게 달구어진 채 살아간다는 것도 마음에 들었다. 늘 손발이 차다는 소리를 들었다. 인간 여자 고승혜로 살면서 누군가를 뜨겁게 사랑해서 뜨겁게 끌어안거나 뜨겁게 미워한 적도 없었다. 한 생을 적당히 선선하게 살았다. 나나 타인, 세상과 얼마쯤 서먹한 채로 너무 뜨겁거나 차가운 것, 너무 높거나 낮은 것, 너무 시끄럽거나 너무 한적한 것과 같이 무엇이건 '너무'에 해당되는 위험 표지가 적힌 모든 관계의 구역에서 멀찍이 떨어져 안전하게 살았으니 다음 생은 반대로 살아보면 좋을 것 같았다.

한 달 후, 우편으로 날아온 건강검진 통지서를 두근거리는 마음으로 열었다. 그때 걱정한 건 당뇨나 혈압, 면역 관계 질환이었지 전환을 희망한 생이 반려될 거라고는 생각지도 않았다. 사람이 맥반석이 되겠다는데, 돌이 되겠다는데, 그것만큼 무욕하고 쉬운 게 어디 있겠나, 그렇게만 생각했다. 그런데 아니었다. 통지서에는 고혈압 의심, 혈당 경계 등의 주의할 만한 내용과 함께 맥반석이라고 적은 글자 옆에 '전환 불가'라는 빨간 스탬프가 찍혀 있었다.

설마 맥반석이 거부될 거라고는 생각 못

해서 채워 넣지 않은 2지망, 3지망의 빈칸이

새삼 면구스럽게 느껴졌다. 그나마 다행인

것은 그렇다 해서 전환 자체가 거절당한 건

아니라는 점이었다. 자세한 안내문을 읽어

보니 지금의 건강 상태나 생의 이력으로는

불가하지만 두 번째 생애전환 시기까지 전환

가능한 조건을 달성하면 원했던 형태의

생으로 전환이 가능하다고 했다.

  그냥 돌이 아니라 맥반석이라 더

까다로운 기준이 적용된 걸까. 승혜는

생애전환 관리공단에서 함께 보내온

표준국어대사전의 맥반석 정의를 찬찬히

곱씹어보았다.

  맥반-석(麥飯石)「명사」『광업』누런 흰색을

띠며 거위알 또는 뭉친 보리밥 모양을 한

천연석. 예로부터 정수(淨水) 작용이 있는 돌로
알려졌으며, 중국과 일본 등지에서 난다.

　아무리 생각해봐도 문제는 건강 상태가
아니었다. 당화혈색소 수치가 6.4로 당뇨
기준이 되는 6.5 바로 밑이라 경계할
수준이기는 해도 그렇다고 당뇨는 아니었다.
얼마든지 지금부터 식이 조절과 운동을
병행하면 낮출 수 있는 정상 범위였다.
그렇다면 문제는 지금까지 승혜가 살아온
이력일 터였다. 이번 생에서 누군가를 위해
제대로 뜨거워져본 경험도 없으면서 다음
생에서 맥반석으로 살고 싶다는 게 너무
뻔뻔한 욕망이었을까. 혹시 맥반석의 세계도
경력자 같은 신입을 원하는 걸까. 맥반석이
되고 싶으면 그 정도의 온도를 감당할 만한
내공을 쌓고 오라는 경고인 걸까. 참나, 돌이

되는 것도 쉽지 않구나 싶으니 지난 생에
대한 후회나 반성보다는 빈정이 먼저 상하고
말았다.

생각해보면 뭐 대단한 이유로 맥반석이
되고 싶었던 것도 아니었다. 어차피 그때가
되면 맥반석과는 전혀 다른 것, 뜨거움과는
반대되는 차디찬 고드름이나 북극의 빙하
한 조각이 되고 싶을 수도 있었다. 고작 좀
뜨거운 돌이 되겠다고 지금까지 살아온 삶의
태도를 굳이 바꾸고 싶지도 않았고 바꿀
자신도 없었다. 그럴 거였으면 맥반석보다는
좀 더 나은 걸 꿈꿨겠지. 괜히 억울한 생각이
들어 승혜는 무엇이 될 건지는 그때 가서
생각하자, 하고는 지금까지 살아온 대로
그냥 살기로 했다. 맥반석이 안 되면 치유니
효능이니 하는 말이 따라붙지 않는 평범한
자갈이나 모래 알갱이가 되어도 좋았다. 아니,

그게 오히려 더 좋을 것 같았다. 설마 무슨
대단한 대리석 조각이나 운석이 되겠다는
것도 아니고 흔하디흔한 자갈이나 모래가
되겠다는데 그것도 안 된다고 하진 않겠지.
해서 승혜는 무생물로 전환하겠다는 결정은
그대로 두고 그 약속을 바탕으로 65세 이후에
받을 기초노령연금과 20대 중반부터 납부한
국민연금, 그리고 얼마 전에 마련한 작은
빌라를 두고 무생물 전환 예정자만 높은
이율로 가입 가능한 전환자 주택연금을 만
40세와 만 66세 사이, 두 번의 생애전환기
사이에 나누어 받기로 했다. 큰돈은 아니지만
다달이 정기적으로 40만 원 정도의 여유
자금이 생겼고 그것으로 매달 경주나
강릉으로 짧은 여행을 가서 먹고 싶은 것을
먹고 보고 싶은 것을 보았다. 한번쯤 배워보고
싶었던 도예 수업이나 프리 다이빙 수업을

받기도 했다. 노후를 위한 저축을 하는 대신 지금의 윤택한 일상을 위해 스타일러나 최신형 로봇 청소기, 안마 의자를 렌트하고 그 비용을 다달이 갚는 데 사용하기도 했다.

당장 먹고사는 문제나 늙고 병들 일만 남은 미래에 대한 근심으로 현재가 불안하고 고통스럽지 않으니 별다른 불만도 없었다. 애써 무언가를 이루려 하거나 무리하지 않고 곧 편안함에 이를 전환기를 기다리며 하루 먹고 하루 살아가며 늙어가는 일이 나쁘지 않았다.

노후 자금이 준비되지 않은 하위 소득 계층의 중장년층일수록 일찌감치 사회적 돌봄 비용이 들지 않는 무생물로의 전환을 결정하고 승혜와 같은 방식으로 노인 1인에 드는 복지 비용을 당겨썼다. 그렇게 해도 가난하고 병든 노인을 장기적으로 돌보는 데

드는 금전적 비용 및 사회적 손실보다 건강한 사회 분위기를 조성하는 데 도움이 되었기 때문에 사회적으로도 무생물로의 전환 방식이 적극적으로 장려되었다. 가난하고 아픈 장수 노인의 불행한 삶과 대비되는 풍요롭고 건강한 장년의 삶과, 모든 욕망에서 벗어난 한가로운 전환 이후의 삶에 대한 긍정적인 기대감이 사회를 한층 건강하게 만든다는 것이 새로운 보편이고 중론이었다. 승혜 역시 그 말에 공감했다.

물론 승혜 주변에도 전환기의 생에 비판적인 사람이 없는 건 아니었다. 한때 같이 도예 수업을 들었던 선주 언니가 그랬다. 승혜보다 두 살 많은 선주 언니는 만 40세의 생애전환기에 전환에 동의하지 않은 소수의 사람 중 한 명이었다. 전환기의 생에 대한 긍정적인 마케팅은 그저 특정 계층을

대규모로 정당하게 안락사시키려는 차별적인
인류 말살 정책이면서 그에 따른 부정적
이미지의 환기나 정당한 논쟁조차 불가하게
만드는 매우 비윤리적인 음모에 불과하다고
했다. 그런 식으로 노령 인구가 인간으로서
순리대로 늙어갈 기본 권리와 사회적 효용
가치가 없어도 보장받아야 하는 기본적
인권을 말소당하는 사이 인권이니 자유니
하는 말은 점점 그 가치를 잃게 될 거라며
선주 언니는 개탄했다. 그러나 그건 아쉬울
것 없는 선주 언니니까 할 수 있는 말이라고
승혜는 생각했다. 아프면 치료할 돈이 있고
돌봐줄 가족이 있는 사람이나 할 수 있는
배부른 소리라고. 그런 말은 인간의 삶이 가장
낮다는 오만에서 나온 것이기도 했다. 주어진
삶에 만족하며 지속하는 것이 생의 변화를
꾀하는 것보다 도덕적인 삶이라는 지루한

통념에서 비롯된 말 같기도 했다. 인간의
굴레를 벗어나 다른 삶으로 전환하려는
적극적인 자유의지를 통제하고 억압해
비참하게 늙어가는 상태를 유지하도록 하면서
만족감을 느끼려는 계급주의에서 비롯된
일종의 가스라이팅 같았다.

　　알고 보면 전환기에 무생물의
생을 선택하는 건 빈곤하고 연고 없는
노인들뿐이라는데, 그것은 그러므로 선택하는
게 아니라 선택당하는 것과 마찬가지라는데,
그게 그 당사자와 사회 모두를 위해 나은
선택이라면 뭐가 문제인 걸까 승혜는 되묻고
싶었다.

　　이제 만 40세까지 인간 종으로서의
책임과 의무, 적절한 성취를 이루지 못하면
전환, 그중에서도 무생물로의 전환은 당연한
수순이 되었다. 전환을 결정하지 않거나

여전히 생명을 유지하기 위해 사회적 비용과 돌봄 노동이 필요한 삶의 형태를 선택하는 사람들에게는 인류의 기생충, 괴팍한 독선가, 멸망을 가속화시키는 바이러스 등 혐오의 별칭들이 붙었고 그들을 통틀어 멸족이라고 부르기도 했다. 얼마나 다행인가, 가끔 주위에서 별 볼 일 없는 주제에 여전히 생에 대한 욕망을 놓지 못하는 인간들을 보면 승혜는 자신이 일찌감치 전환을 결정하고 인명(人命)을 유지하는 것에 대한 욕망을 내려놓은 것에 대해 안도했다.

그리고 마침내 두 번째 생애전환기가 되었을 때, 승혜는 망설임 없이 한번 거부당한 맥반석이 아닌 자갈을 선택했다. 그냥 아무 수식어 없는 자질구레한 돌. 바위도 반석도 아니고 너무 뜨겁지도 너무 차갑지도 않은 상온 상태의 잔돌. 그것만큼 자신의 무욕을 증명할 것도 없다고 생각했다. 그런데 만 66세 생애전환기 검사를 하고 일주일 후, 막상 승혜가 부여받은 새로운 생은 타자기였다.

3 기억 예치소

타자기가 된 후에야 승혜는 잔돌이 되는 것조차 제게는 과분한 욕망이라는 걸 알게 되었다. 자연 상태의 무생물이 되려면 우선 갚아야 할 빚이 없어야 했다. 온전히 홀가분한 상태일 때, 돌이든 물이든 공기든 될 수 있었다. 그러나 아직 승혜에게는 사회에 갚아야 할 빚이 있다고 했다. 66년의 인간의 생을 살며 사회에 제공한 것보다 승혜가 받은 것이 더 많은 탓이었다. 그래서 전환 이후 원하는 자연물이 될 때까지는 좀 더

쓸모가 있는 채로 몇 년을 더 유보된 생으로
기능해야만 했다.

　빚이 있다는데 뭐 어쩔 도리가 있나,
투덜대며 승혜는 전환 가능한 생의 목록을
살펴보았다. 누구는 맥도날드 키오스크가
되고 누구는 AI 기능을 탑재한 청소기가
되었다고 했다. 쓰임이 많을수록 빨리 유보된
생에서 벗어날 수 있다는데 승혜는 기계치에
가까웠다. 나이가 들며 키오스크 사용도
쉽지 않고 AI도 불쾌한 골짜기처럼 낯설어서
가능하면 익숙한 것만 사용하고 익숙한
곳만 다녔다. 새로운 전자 제품을 사도 아주
기본적인 기능만 활용하며 살았는데 갑자기
최첨단 기기의 생을 부여받으면 어떡하나,
제대로 작동법도 숙지 못 해서 올바로 작동해
빚을 갚기까지 유보된 생으로 아주 오래
머물러야 하는 것 아닌가 싶었는데 다행히

유보된 생에도 선택지는 있었다.

최종까지 승혜가 망설인 것들 중에는
고양이 요람과 리코더, 호루라기와 피크닉
바구니, 그리고 타자기가 있었다. 오래 고민한
끝에 고양이 요람은 자신이 고양이에게
충분히 푹신하거나 안락함을 제공할 수
있을지 자신이 없어서, 리코더는 박자 감각이
없고 아이들의 끈적한 침이 몸에 닿는 게
찝찝해서, 호루라기는 큰 목소리를 내야 할
때도 제대로 항의 한번 하지 못했다는 것
때문에 제외했다. 피크닉 바구니는 소중한
사람들과 바구니를 들고 피크닉을 가본
경험이 없다 보니 행복한 추억보다 자꾸
쓸쓸한 심경이 되어 그만두었다. 그러자니
남은 게 타자기였다.

타자기는 적당히 낡은 데다 대단히
새로운 기술을 익히지 않아도 되었고, 자신의

생각과 의지 없이 타인이 쓰는 글을 그대로
받아 옮기기만 하면 되는 것이 마음에 들었다.
누군가가 손가락으로 자신의 몸을 두드려
제 생각을 표현한다는 것도 재미있을 것
같았다. 남의 내밀한 비밀 이야기는 언제나
흥미로웠다. 그러고 보니 누군가의 손길이
닿은 지도 오래전이었다. 애달프게 사람의
손길이 그리웠던 건 아니지만, 누군가 제
몸을 이용해 자신만의 이야기를 완성한다면
기분 좋을 것 같았다. 두드려라 그러면 열릴
것이다, 누군가 두드려 자신의 몸을 활짝
열었을 때, 자신의 열린 몸을 통해 누군가의
문도 활짝 열릴 거라 생각하니 새로운 생의
가능성에 대한 설렘으로 가슴이 두근거리며
그 순간을 기다리게 되었다. 그렇게 승혜는
타자기가 되었다.

　타자기가 된 승혜의 첫 번째 거주지는

한때 연극배우였다는 강선동이 운영하는 '기억 예치소'라는 빈티지 숍이었다. 낡은 기억을 보관해주는 예쁜 치매 연구소라는데 정확히 무엇을 하는 곳인지는 몰라도 그곳에 있으면 자신의 낡음이 세계의 중심에서 물러난 철 지난 이야기가 아니라 낡음 자체로 가치 있는 이야기로 받아들여지는 것 같아 마음이 편안했다. 낡은 폴라로이드 카메라와 낡은 카세트라디오, 낡은 전축과 낡은 전자사전과 낡은 홈 비디오 카메라 옆 조금은 더러운 창틀 앞이 승혜의 자리였다.

처음 며칠간 승혜는 빈티지 숍의 전시용 타자기에 지나지 않았다. 사흘 내내 창가의 선반에 머물며 승혜는 고요한 침묵 속에 제 몸이 커다란 기다림으로 전환되는 것을 느꼈다. 기다림을 응시하는 동안 시간이 빛이 되어 타자기 승혜의 몸을 매 순간

다르게 비추다 사라졌다. 새벽녘 일출의
빛과 저물녘 일몰의 빛, 정오의 그림자와
자정의 달빛 그림자가 제 몸에 새기는 저마다
다른 속삭임과 그리움, 비명과 탄성, 환희와
축복, 그것을 혼자는 표현할 길이 없어
승혜는 일상의 풍경이 만들어내는 고즈넉한
침묵과 수다를 몸 안에 차곡차곡 쌓아놓고는
누구라도 제 몸을 두드려 그것을 글로
표현해주기를 기다렸다. 아홉 번의 낮과 아홉
번의 밤이 그렇게 지나갔다.

승혜를 처음 사용한 것은 빈티지 숍의
아르바이트생 주희였다. 주희는 오후 4시부터
마감 시간인 밤 9시까지 매장을 관리하는
취업 준비생이었는데 첫날부터 승혜는
주희가 마음에 들었다. 말이 없고 조용한데
승혜를 닦아주는 손길이 야무지고 섬세했다.
그러고는 무언가 할 말이 있는 사람처럼

손님이 없을 때면 슬쩍 승혜 곁으로 다가와
잉크 리본도 없이 두벌식인 승혜의 자판을
괜히 탁탁 두드려보다가는 누군가 문을 열고
들어오면 마치 뜨거운 것에 덴 것마냥 황급히
손을 거두는 것도 좋았다.

저렇게 말들을 몸속에 꾹꾹 눌러
담고는 할까 말까 오래 망설이는 겁 많은
아이들, 겁이 많은 만큼 제 안에 켜켜이
쌓아놓은 겹도 많은 아이들은 언제나 승혜의
마음을 요동치게 만들었다. 망가뜨리고
헤집어놓았다. 그래서 주희가 곁에 오면
뭐라도 써보라고, 어떤 이야기라도 받아줄
준비가 되어 있다고 몸을 활짝 열어젖히고는
했다. 그러나 주희는 쉽게 마음을 열지
않았다. 그냥 자음과 모음을 손끝으로
두드려보며 ㄱ이 내는 소리와 ㄴ가 내는
소리의 차이와 타격감을 오래 음미해보는

게 전부였다. 타자가 만들어내는 하나의
문장보다 타자를 칠 때 나는 소리와 손끝의
감각, 곧 사라지고 마는 그 찰나의 몸의
기억이 더 소중한 듯했다. 어쩌면 그게 주희가
쓸 수 있는 글의 가장 완성된 형태인지도
몰랐다. 그러다가 열흘째 되는 날, 마감을
마친 주희가 퇴근을 하려다 말고 흐릿한 노란
백열등 하나를 켜놓고는 잉크 리본을 채우고
흰 종이를 끼우더니 아주 천천히 이런 글을
적었다.

"글쓰기는 내게는 결코 일이 아니었다.
기억나는 옛날부터 항상 그랬다. 라디오의
클래식 음악 채널에 주파수를 맞추고,
담배나 시가에 불을 붙이고, 술병을 딴다.
나머지는 타자기가 알아서 했다. 내가 해야
할 일이라고는 그 자리에 있는 것뿐이었다. 이

모든 과정이 있었으므로 삶이 내게 별로 주는 게 없을 때에도, 삶이 그 자체로 괴기 쇼일 때도 나는 이어 나갈 수 있었다. 언제나 나를 위로해 주고, 내게 말을 걸어 주고, 즐겁게 해주고, 정신 병원에 처박히거나 길거리에 나앉거나 나 자신 때문에 망하지 않도록 구해 준 타자기가 있었다."•

❖

　　주희가 쓴 글이 승혜의 등 뒤에 부착된 이후, 승혜는 찰스 부코스키 타자기로 불렸다. 누구나 원하는 사람은 기억 예치소에 들러 자신의 기억을 타자기로 남길 수 있었다. 글을

• 《할리우드》, 찰스 부코스키 지음, 박현주 옮김, 열린책들, 2019, 122쪽.

쓸 수 있는 도구는 많았고 편리한 기계도 많았지만 타자기를 칠 때의 소리와 타격감을 좋아하는 사람들이 있었다. 낡고 불편한 것이 주는 효능감은 새롭고 편리한 것이 주는 효능감과는 다르지만 분명히 존재했다.

주희 이후로 많은 이들이 종종 승혜 앞에 앉아 오랜 시간 머물며 타자를 쳤다. 잉크를 채운 이들은 감사와 아름다움과 그리움에 대해 썼다. 조심스러운 고백의 말을 적기도 했다. 승혜는 그중에서도 한 사람을 대상으로 하는 편지글들을 특히 좋아했다. 한참의 망설임 끝에 윤희에게, 혹은 테오에게, 라는 글자가 흰 종이에 타닥타닥 찍히면 그때부터 승혜 역시 결코 끝나지 않을 거라고 생각했던 우정과 끝을 알면서도 시작했던 한때의 사랑, 모든 처음과 작별의 순간을 떠올리며 함께 설레고 함께 아프고 함께 그리워했다. 승혜는

그 모든 편지글의 수신인이 누구든 그 첫 번째
수신인이 자신이 되는 경험을 했고, 그래서
제 심장에 박힌 저마다 애틋한 마음들을
너른 바다처럼 따뜻하고 고요하게 품고자
노력했다.

　　때때로 잉크 리본 없이, 아무것도
찍히지 않는 것을 확인하고서야 타자를
치는 사람들이 있었다. 승혜는 그렇게
기록을 남기지 않고도 내뱉고야 마는,
허공중에 흩어지고 말 것을 알기에 겨우
손끝으로 두드려 토해내듯 뱉어내는, 그런
기억들일수록 단어 하나 놓치지 않고
간직하기 위해 귀를 활짝 열고는 온몸에
타투를 새기듯 글자를 새겨 넣었다. 그것은
치욕이기도 했고 증언이기도 했다. 치욕의
언어들이 승혜의 몸을 통해 문장이 되면
승혜는 자신이 그와 같은 치욕을 당한

듯 전신이 떨려왔다. 아무리 지우려 해도
지워지지 않는 부정한 기억과 원망과 신음이
채찍이 되어 승혜를 후려치고 가면 온몸에
붉은 상흔과 통증이 남기도 했다. 어떤 날은
경악과 공포에 몸이 굳어 기름칠을 해야만
다시 타자를 누를 수 있게 될 정도였다.
그럼에도 누군가의 모멸과 치욕의 기억이
멈추지 않고 자신의 몸에 더 깊이, 더 많이
새겨지기를 바랐다. 기록되지 못하는 글이
되어 허공중에 흩어진다고 해서 치욕의
기억이 사라지는 건 아니겠지만, 제 몸을
이용해 그런 식으로 반복해서 토해내는 동안
그 어두운 기억들이 조금은 희석되기를
바랐다.

어떤 날은 모욕의 상태에 자신을
망가지도록 내버려둔 것에 대한 자기혐오로
가득한 고백의 말들이 승혜를 덮쳤다.

후드티를 뒤집어씌우고 얼굴을 가린 채로만 데이트를 하고 섹스를 하며 길에서 마주친 지인들에게 연인 관계를 부정하던 연인과, 자신을 시녀 부리듯 하면서 때때로 면세점에서 산 화장품이나 가방에 딸려 오는 작은 비매품을 선물하는 것으로 더없이 좋은 친구인 척하던 친구, 그들에게 그때 했어야 하는 말들, 하지 못해 가슴에 담고 있는 동안 자신을 찌르고 상처 주었던 그 말들을 거칠고 투박하게 승혜에게 쏟아내기도 했다.

그 말들은 하나하나가 우박처럼, 벼락처럼, 돌팔매가 되고 쓰나미가 되어 승혜를 두드리고 덮치고 상처 주고 다치게 했다. 그러나 승혜는 그 휘몰아치는 격렬한 감정과 분노와 비명이 자신을 더 몰아붙이기를 바랐다. 끝까지 몰아붙여 마침내 그것이 마침표를 찍을 때까지,

허공중에 다 부서지고 기화되어 흔적 없이
사라질 때까지 끝나지 않고 계속되기를
바랐다. 그런 말들이 지나간 자리는 태풍이
지나간 자리처럼 부서지고 망가지고 폐허가
되었지만, 그럼으로써 비로소 다시 재건될 수
있는 사랑의 말과 글이 있다는 걸 승혜는 알고
있었다. 치욕에 대한 말은 실은 아름다움에
대한 말이었다. 수치에 대한 말은 실은 곱고
다정한 것에 대한 말이었다.

　　한번은 누군가 내뱉는 말에 너무
뜨거워져 그 달궈진 몸과 마음을 어쩌지
못하고 ㅈ과 ㅠ, ㅐ를 누를 힘을 잃기도 했다.
그날 밤 승혜는 서늘한 창가에 자신의 몸을
뉘어놓고 그날 들은 타인의 습기 어린 기억을
달빛에 널어 잘 건조시킨 후 고운 결로 다듬고
접어 소중히 보관하며 생각했다. 이렇게
타인의 이야기에 온몸을 내어주고 있는

지금이 인간 여자 고승혜의 삶까지 통틀어
자신이 가장 뜨겁게 자기만의 삶을 살아가고
있는 순간이 아닌가 하는.

　　타자기의 생을 승혜는 사랑하게 되었다.
어쩌면 이대로 영영 살아봐도 좋을 것 같았다.
그러나 그건 승혜의 의지만으로 가능한
것이 아니었다. 타자기에는 분명한 수명이
있었다. 잦은 비명과 드문 탄성을 반복해서
겪는 동안 승혜는 자주 열이 올랐고 자주
한기에 시달렸다. 타자기의 생에도 갱년기의
시간이 도래한 모양이었다. 한번은 지나치게
뜨거워져 사흘 내내 열을 식혀야 했고 한번은
지나치게 얼어붙어 타자의 절반이 제대로
눌리지 않았다. 승혜를 찾는 사람들이 조금씩
줄어들기 시작했다. 하루에 한 명에서 이틀에
한 명, 일주일에 한 명, 그러다 열흘이 넘도록
승혜를 막막한 기다림 속에 남겨두기도 했다.

자신의 몸이 둔해졌다는 것을, 두드려도
제대로 눌리지 않는다는 것을 승혜도 알고
있었다. '보고 싶어'라고 치면 '보고 싶어'라고
눌리는 대신 '보고 싶ㅓ'가 된다는 걸,
'기다릴게'라는 글자를 누르면 '기ㅏ릴게'가
된다는 걸 승혜도 알고 있었다. 그런 날들이
이어지며 승혜는 자신이 온몸으로 만들어낼
마지막 말이 어떤 말일지 궁금해졌다. 어떤
말이면 좋을지 오랜 침묵 속에 생각하고 또
생각해보기도 했다. 그러던 어느 날, 바람이
많이 불어 낡은 풍금과 낡은 리코더가 저
혼자서도 바람의 노래를 연주하던 날, 승혜는
마지막 힘을 모아 이런 글자를 쳤다.

  인애에게

4 해변의 타자기

눈떠보니 해변이었다. 드디어 전환 이후의
생이 시작된 건가, 그렇다면 나는 돌 중에서도
해변의 모래가 된 건가, 했는데 자신은 여전히
타자기였다. 해변의 모래를 잔뜩 뒤집어쓰고
있어 몸 여기저기에 모래가 끼어 까끌하고
버석거리기는 했지만 아직 타자기인 채였다.
누가 수명이 다한 나를 해변에 버리고 간
걸까. 승혜는 주위를 둘러보았다. 여름이
지나간 해변은 유실물 보관소와 다르지
않았다. 어린아이의 크록스 한 켤레와
신발에서 떨어져 나온 사막의 선인장과 별을
닮은 불가사리 모양의 지비츠들, 분홍색
머리끈과 챙이 넓은 밀짚모자, 빈 맥주 캔과
달콤함이 흔적만 남아 있는 아이스크림
스틱, 반쯤 남은 선블록과 젖은 비치 타월이

아무렇게나 나뒹굴고 있었고 좀 떨어진
곳에는 얇은 워터프루프 시집 한 권도 버려져
있었다. 도대체 누가 나를 이곳에 두고 간
걸까. 일부러 유기한 건지 잃어버린 건지도
알 수 없었다. 승혜는 희미해져가는 기억을
더듬기 시작했다.

인애.

그래, 인애에게, 라고 시작하는 편지글을
쓸 참이었다. 자신도 모르게 간직하고 있던
이름이었다. 그 이름을 치고 나서야 왜
자갈이 되고 싶었는지가 떠올랐다. 언젠가의
여름방학에 인애와 함께 학원을 빼먹고
해변에 놀러 간 적 있었다. 그때 자갈을
주웠다. 그러다 누가 더 예쁜 자갈을 줍는지
경쟁을 하게 되었고, 두 사람은 주머니가
불룩해져 바지가 흘러내릴 정도가 되도록
자갈을 주웠다. 예쁜 게 너무 많았다. 흰 돌도

예쁘고 검은 돌도 예뻤다. 햇살이 비추면 투명해 보이는 돌도 있었고 무지갯빛이 감도는 돌도 있었다. 모난 것은 모가 나서 예쁜데 둥근 것은 둥글어서 예뻤다. 모가 나지 않고 둥근 돌을 몽돌이라고 한대. 인애가 일러주었다. 몽돌이라는 이름조차 예뻤다. 각자 주운 돌 중에 가장 예쁜 것을 하나씩 골라 승부를 겨룬 후 진 사람이 아이스크림을 사기로 했다.

왜 이렇게 다 예쁘지. 주운 돌들을 해변의 모래 위에 늘어놓고는 하나를 선택하기 힘들다며 승혜가 투덜댔다. 그런 승혜를 보며 인애가 후후 웃었다. 왜? 물었더니 예뻐서, 라고 대답했다. 그치? 다 예쁘지? 했더니 인애가 또 웃었다. 응, 다 너무 예뻐. 그럼 내가 이긴 거네? 승혜가 물었더니 인애가 또 대답했다. 어, 네가 이겼어.

승혜가 고른 자갈을 인애는 굳이 제
배낭에 다 넣었다. 무거울 텐데 그걸 왜,
승혜가 말려도 인애는 다 추억이잖아, 하고는
그걸 애서 가방에 전부 넣고는 돌아왔다.

나중에, 승혜가 꼭꼭 닫아걸고 열지 않은
방 창문으로 인애가 돌을 하나씩 던졌을
때, 승혜는 그것이 그때 인애가 버리지
않고 가져온 돌이라는 걸 알았다. 승혜가
예쁘다고 하나씩 주워놓고는 버리고 오려던
것을, 한때의 그 예쁨을 굳이 들고 온 인애의
마음과, 그 돌을 한가득 들고 와서 닫힌 채
열리지 않는 승혜의 방 창문에 하나씩 던지는
마음이 승혜는 무섭고 벅찼다. 그 돌이 진짜로
어여쁜 돌이 된 것은 그때부터였다고 승혜는
생각했다. 자신의 창문에 인애가 그 돌을
하나씩 던졌을 때. 창문을 두드릴 정도로 힘을
주어 던지지만 창문을 깰 수는 없는, 그런

정도의 강도를 가진 그런 정도로 작은 돌들을
하나씩 하나씩.

창문을 두드리던 돌 소리가 잠잠해지고
나서, 그러고도 한참 시간이 흘러 자정이
지났을 무렵, 승혜는 인애가 서서 돌을 던지던
집 앞 가로등 밑으로 나가보았다. 그리고
그 아래 가만히 서서 가로등 불빛을 향해
달려드는 날파리들을 보았다. 날파리들은
어째서 이런 생을 타고난 걸까. 나는 어째서
이런 생을 타고난 걸까. 그 자리에 서서
제 방의 닫힌 창문을 바라보며 이상한
슬픔을 안고 그런 생각을 하다가 집으로
들어가려는데 발바닥에 통증이 느껴졌다.
승혜는 고개를 숙이고 바닥을 살펴보았다.
떨어져 뒹구는 작은 돌들이 보였다. 그중에는
인애가 던지지 못하고 떨구고 간 해변의
돌이 있을지도 몰랐다. 그 돌들을 하나씩

살펴보다가 승혜는 자신이 맨발로 나왔다는
걸 깨달았다. 자신을 아프게 했던 돌을
골라내기 위해 승혜는 맨발바닥으로 바닥을
천천히 훑었다. 어딘가에 부딪쳐 깨졌는지
사방이 마모되지 않고 날카로운 기세가 남아
있는 뾰족하게 성난 돌이 발의 움푹한 곳을
지그시 눌렀다. 그 성난 돌을 던졌다면 창문을
깰 수도 있었을지 몰랐다. 승혜는 그 돌을
집어 손안에 꼭 쥐어보았다. 손바닥의 여린
살을 파고드는 모난 구석이 마음에 쏙 들었다.
승혜는 돌을 쥔 채 집으로 돌아와 돌을 손안에
꼭 쥐고 잠이 들었다. 그게 자신이 가질 수
있는 유일한 기억, 이제는 돌이킬 수 없는
인애와의 지난 시간을 통해 남겨둘 수 있는
유일한, 사라지지 않는 순정한 어여쁨이라고
생각했다.

한동안 창틀에 놓아두고 창문이 열고

싶어질 때마다 그 돌을 보았다. 한번쯤은 승혜도 누군가의 열리지 않는 창문을 향해 돌을 던지고 싶었다. 그러나 실제로 돌을 던진 적은 없었다.

그때 그 돌은 어디로 갔을까.

그렇게 소중히 간직했던 돌을 잃어버린 건 언제였을까?

가끔 해변에 놀러 오던 어린 연인들이 이런 곳에 왜 타자기가 있지, 신기해하며 더듬더듬 타자를 치고 가기도 했다. 오늘 고백해볼까, 라는 문장도 있었고 헤어지고 싶다, 라는 문장도 있었다. 그것은 같이 온 두 사람의 서로 다른 이야기일 때도 있었다. 한번은 파도가 무언가를 승혜 옆에 떨구고 가서 보니 처음 해변에 왔을 때 본 워터프루프 시집이었다. 아무도 찾아가지 않은 모양이지. 어떤 시가 적혀 있는지 확인하고 싶었지만 보이지 않았다. 이제 승혜는 기억도 가물가물하고 눈도 침침해졌다. 눈을 깜빡이거나 손가락을 움직일 때마다 버석거리는 해변의 모래알이 느껴졌다. 어느 한 곳 제대로 움직여지지 않았다.

사실 인간 여자 고승혜의 몸이 고장 나기 시작한 건 꽤 오래전부터였다. 쉰 살 나이에 시작된 오십견 때문에 한동안 오른쪽 어깨의 동작 범위가 극도로 축소된 적이 있었다. 팔을 올려 머리를 감거나 등 뒤로 돌려 속옷을 착용하는 것도 어려웠지만 가장 속상한 건 배변 후 뒤처리였다. 오른쪽 어깨가 뒤로 회전하지 않으니 화장실에서 깔끔하게 뒤처리를 하는 게 어려웠고 그렇다고 허리를 틀자니 자세를 바꾸다가 허리 디스크가 터진 경험이 있어 함부로 허리를 왼쪽이나 오른쪽으로 과도하게 틀지도 못했다. 이런 게 늙음인가 싶어 눈물이 찔끔 나려 했는데 나중에는 눈물이 아니라 웃음이 났다. 이미 익숙해질 대로 익숙해졌다고 믿은 몸이 이렇게 낯설게 변한다는 게 참으로 신기하고 재미있지 않나. 오십견이란 이름이 붙은 증상이 귀신처럼 만 50세가 되는 가을에 시작된 것도 신통했다. 사람이 늙어 겸손해지거나 현명해진다는 오해는 다만 노화된 몸의 한계를 겪으며 대부분의 사람들이 어쩔 수 없이 많은 것을 내려놓게 되며 생기는 착각에 불과한지도 모른다. 그렇다 해도 몸의 노화를 인정하고 불편함 속에 머무는 것은 때로 그동안 돌아보지 못했던 타인의 불편을 내 것으로 수용하고 더

섬세하게 응시하고 깊이 연민하게 해주기도
했다. 늙고 병드는 것이 나쁘기만 한 것은
아니라는 이야기.

　　예순 살이 넘으면서는 건망증도
심해졌다. 나이 들며 기억력이 나빠지는 건
당연하다고 생각했는데, 어느 날 쓰레기를
버리러 나왔다가 집 비밀번호가 생각나지
않아 한참을 집에 들어가지 못하고 벌받는
사람처럼 그 앞에 30분가량 망연히 서
있었던 적이 있었다. 생각나는 모든 번호를
시도해보다가 결국 업체에 연락해 초기화를
하고 비밀번호를 다시 설정한 후에야
집으로 들어갈 수 있었다. 그다음 날 승혜는
보건소에 가서 치매 검사를 받았다. 아직
치매에 걸리기엔 이른 나이여서 방심했는데
검진 결과 승혜는 경도인지장애라는 판정을
받았다. 할 수 있는 건 예정된 치매의 진행을

최대한 늦추는 것뿐이었다. 그러다 강선동이 조기 치매 환자들을 대상으로 운영하는 기억 예치소, 기억을 보관하는 예쁜 치매 연구소라는 곳을 알게 되었다. 어차피 치매에 걸릴 거라면, 그래 다른 사람들한테 해를 덜 끼치는 착하고 예쁜 치매에 걸리고 싶었다. 그게 그 당시 승혜가 꿈꿀 수 있는 최선의 미래였다. 그래서 승혜는 모임에 참여하게 되었다.

기억 예치소에서 하는 일은 여느 치매 센터나 노인 복지관에서 하는 일들과 크게 다르지 않았다. 치매가 진행 중인 노인들이 모여 함께 뜨개질을 하거나 고양이 요람을 만들었다. 리코더를 불고 베이킹을 했다. 피크닉 바구니를 짜서 직접 짠 피크닉 바구니를 들고 가까운 공원으로 피크닉을 가기도 했다. 그러고는 매일 한 것들,

생각하고 느낀 것에 대해 간단하게라도
일기를 썼다. 강선동은 노인들의 일기가
매일 쓰는 창세기라고 했다. 승혜는 아직
초기였지만 많은 노인들이 전날의 기억을
대부분 까마득히 잊고 늘 처음 하는 일인 양
생경해하고 어색해했다. 기억은 낡고 몸은
성실히 늙어가 하루하루 새롭게 노화된
자신을 만나게 하는 게 치매였다. 그러므로
매일 창세기를 쓴다는 강선동의 말은 비유가
아니라 지극히 사실적인 표현이었다. 그
과정에서 강선동이 빼놓지 않고 반복하도록
강조한 게 있었다. 처음 기억 예치소에
참가하며 회비 대신 보관해두었던 가장 예쁜
하나의 기억을 매일 반복해서 읽거나 쓰거나
그려보게 하는 일이었다.

　치매에 걸리면 전혀 다른 사람이 된
것처럼 성정이 괴팍해지거나 의심이 많아지고

폭력적이 되는 사람들이 있었다. 승혜는 그런
치매 노인이 되고 싶지는 않았다. 그러나
그게 노력한다고 피할 수 있는 걸까. 그게
가능하다면 그 누가 자신도 괴롭고 남도
괴로운 나쁜 치매를 앓고 싶겠는가. 그러나
강선동은 말했다. 자신이 가진 가장 예쁜
기억을 보관해두고 그것을 반복해서 보고
생각하며 글과 그림, 음악과 영상물, 꽃꽂이와
뜨개질, 춤과 움직임 등 다양한 언어를 이용해
형상화하고 기억하는 작업을 반복해서 하다
보면 가장 예쁜 기억만 가진 예쁜 치매를 앓을
수 있다고. 노인들에게 불로장생의 묘약을
파는 사기꾼이나 다를 바 없는 속임수라고
생각하면서도 승혜는 그 말을 믿고 싶었다.
　　강선동의 기억 예치소에 모인 노인들은
모두 자신이 가진 가장 예쁜 기억, 오래
반복해서 되풀이하며 마지막까지 간직하고

있다가 가장 귀한 이에게 남겨줄 하나의
소중한 기억을 매일 꺼내어 닦고 매만지고
가꾸었다. 최초의 보관 방법은 각자 자신에게
편한 형식을 택하면 되었다. 누군가는
크레파스로 그림을 그렸고 누군가는 말하는
모습을 카메라로 녹화했고 누군가는 글로 썼다.

그러나 승혜에게는 마지막까지 소중히
간직할 만큼 애틋한 기억이 없었다. 아무리
애써보아도 떠오르는 게 없었다. 승혜가 한참
고민을 하며 녹화 중인 카메라의 점멸하는
붉은 점만 쳐다보자 강선동이 카메라를
치우고 잉크 없는 타자기를 승혜 앞에 놓아
주었다. 어차피 기록으로 남지 않을 테니
아무거나 생각나는 대로 쳐도 좋다고 했다.
그러다 보면 종이에 남기고 싶은 하나의
기억이 떠오를 거라고 했다. 그날 이후 승혜는
아무것도 찍히지 않는 타자기 앞에 앉아 제

귀에만 들리는 피아노를 연주하듯 타자를
쳤다. 어느 날은 기억을 잃고 싶지 않다, 라고
적었다. 어느 날은 남기고 싶은 기억이 하나도
없다, 라고 적었다. 어느 날은 기억되고 싶지
않다, 라고 적었다가 다음 날은 기억되고
싶다, 라고 적었다. 그렇게 기억 예치소에서
흔적을 남기지 않는 글들을 적는 기억이 매일
하나씩 쌓여갈 무렵, 승혜는 다른 노인들이
남기는 가장 예쁜 기억들이 대부분 한 사람을
향한 편지나 사랑의 말과 다르지 않다는 걸
알게 되었다. 가장 예쁜 기억만을 남기고
가고 싶은 한 사람을 떠올리며 예쁜 기억
하나를 정성껏 반복하는 것이, 그들이 기억을
잃어가며 끝까지 만들어가는 가장 소중한
기억이 되었다.

그런데 나는 어떤가. 어떻게 60년 넘게
살면서 남기고 싶은 곱고 다정한 추억이

하나도 없을 수 있나. 아무래도 잘못

살아왔지 싶어서 눈물이 나는 대신 헛웃음이

흘러나왔다. 그렇다면 할 수 없지. 남의 예쁜

기억이라도 베껴보는 수밖에. 그래서 승혜는

시집을 펼쳐놓고 자신의 기억 대신 하루에

시 한 편씩을 타자로 치기 시작했다. 그러다

알게 되었다. 시라고 다 예쁜 것은 아니었다.

도대체 왜 이런 추잡한 글을 시라고 남긴

걸까, 이해되지 않는 시도 있었다. 찰스

부코스키의 시도 그중 하나였다. 그래도

고양이에 대한 시는 좋았다. 찰스 부코스키는

고양이에 대한 시를 많이 남겼다. 사랑하는

것에 대해 쓰고 또 쓰는 마음이 시인 것

같았다. 나르시시즘과 자기혐오를 오가는

시도 재미있었다. 멸시와 치욕에 관해서 찰스

부코스키는 무언가 아는 사람 같았다. 치욕에

대해서라면 승혜도 기억나는 것도 많고 쓸

말도 많았다. 승혜는 치욕이 남긴 상처에
대해 쓰기 시작했다. 수모에 대해서도 썼다.
그러다 보니 그 치욕과 수모의 기억이 인간
여자 고승혜의 가장 뜨겁고 가장 치열했던
나날들이었다는 생각이 들었다. 고통의
환부가 이제 와서 보니 어쩐지 아주 소중한,
간직해야 할 예쁜 기억처럼 느껴졌다. 그리고
가장 부끄러운 순간에 대해서도 떠올렸다.
그러자 그것이 어쩌면 지난날 가장 아름다운
갈망이었을지도 모르겠다는 생각이 들었다.

중증 치매 진단을 받고 증량된 처방약을
받아 온 날, 승혜는 더 이상 생산되지 않는
마지막 잉크 리본을 타자기에 끼우고 이렇게
시작하는 편지글을 썼다.

인애에게.
날 기억할지 모르겠지만 나는 너를 한

번도 잊은 적 없어.

내가 기억하는 우리 이야기를 지금부터
들려줄게.

그때에 나는, 우리라는 말이 무서웠어.

왜냐하면 그때의 나는.

하지만 지금의 나는.

우리는.

너는.

5 온점

겨울이 되면서 바닷가를 찾는 사람이
더욱 드물어졌다. 가끔 해변을 거닐다가 외진
곳을 찾던 연인들이 커다란 바위 뒤편에서
뒹구는 승혜를 발견하고는 타자기가 왜
이런 곳에 있는 걸까 어리둥절해하며 발로

툭툭 건드려보고 갔다. 한적한 바닷가를
유영하던 갈매기가 바위에 앉아 승혜에게
말을 걸기도 했다. 승혜는 갈매기의 말을
알아듣지 못했지만 갈매기는 아랑곳없이 먼
바다를 건너온 자신의 이야기를 아낌없이
들려주었다. 때로는 작은 꽃게가 지나가다
승혜의 몸에 앉아 ㄱ와 ㅜ을, ㅈ과 ㅕ를
쳤다. 허공에 띄운 말이 되지 못한 글자들을
지나가던 갈매기가 새우깡인 줄 알고
집어삼켰다. 파도가 밀려왔다 밀려가며
남기고 간 소금과 진흙과 모래알들이
승혜의 몸 구석구석에 달라붙어 바람이 불
때마다 키득키득 웃음소리 같은 신음 소리를
만들어내기도 했다.

하루는 아무도 없는 해변에 앉아 한참
바다를 바라보던 여자아이가 겨울 바닷가를
홀로 걷다가 승혜를 발견했다. 어쩌다가 이런

곳에 타자기가. 여자아이는 승혜의 몸에
묻은 모래와 흙을 손으로 털고 닦아내더니
어둠이 내리기 시작하자 승혜가 해변을
잠식한 바닷물에 잠기지 않도록 바위와 바위
틈 사이에 숨겨놓고 돌아갔다. 다음 날 다시
승혜를 찾아온 여자아이는 에어스프레이로
승혜의 몸에 낀 모래와 먼지를 털어내고는
클리너를 이용해 이곳저곳 깨끗하게
닦아주었다. 그다음 날은 공업용 오일과
솔로 승혜의 몸에 기름칠을 해주고 제습제도
끼워주고 돌아갔다. 그래봐야 제대로 쓰지도
못할 텐데, 싶었지만 오랜만에 깨끗하게
씻으니 몸도 마음도 개운해졌다. 새로 태어난
기분이 들기도 했다. 이제 유보된 생을 지나
전환된 마지막 생을 맞이할 준비가 되었다는
것을 승혜는 느꼈다.

　　여자아이는 무엇을 쓰고 싶은 걸까.

여자아이의 손길이 닿을 때마다 승혜는
여자아이가 자신의 몸을 이용해 쓸 말을
기다렸다. 그 말이 환희였으면 좋겠다고
생각했다. 찬란한. 축복. 그런 찬탄의 말이면
좋겠다고. 아니면 마음이나 무릎 같은 말.
어깨동무. 말랑말랑. 손님. 봄날. 안녕. 파도.
그래 파도. 인애는 파도가 되었을 거야.
어쩐지 그런 생각이 들었다.

　　스물아홉 가을에 인애를 다시 만난
적이 있었다. 새로 옮긴 회사 근처의 버스
정류장에서였다. 마지막으로 얼굴을 본 지
10년이 지난 후였지만 인애라는 걸 한눈에
알아볼 수 있었다. 심장이 쿵. 정말로 심장이
내려앉는다는 게 어떤 건지, 승혜는 경험했다.
혹시라도 인애가 알아볼까 봐 승혜는 황급히
고개를 숙인 채 정류장으로 향하던 걸음을
돌려 정류장이 보이는 건물 뒤편에 숨어

버스를 기다리는 인애의 뒷모습을 관찰했다.
깔끔하게 자른 단발머리와 흰 블라우스와
슬랙스와 샌들. 보통의 체격에 길에서 흔히 볼
수 있는 평범한 스타일인데도 뒷모습만으로도
인애라는 걸 알 수 있었다. 어떻게 그럴 수
있지. 승혜는 그런 자신이 신기하면서도
당연하다고 느꼈다. 당연해. 해변의
모래알처럼 많은 인파 속에 있어도 인애를 못
알아보는 일 같은 건 일어나지 않을 테니까.
조금 마른 것 같지만 찰랑거리는 단발머리
아래로 드러나는 목덜미와 각진 어깨선,
슬랙스 아래 드러나는 발목과 샌들을 신은
둥근 발뒤꿈치까지, 한 번도 잊은 적 없는
듯 선명하게 되살아났다. 인애가 아니라면,
인애보다 더 인애 같은 저 사람은 누구란
말인가.

　　인애가 탄 472번 버스가 지나가고도 한참

후, 건물 뒤편에서 나와 그 버스의 노선도를
손가락으로 짚어가며 살펴보았다. 472번
버스가 지나가는 어디쯤에 인애가 살고 있을
거라 생각하니 이상하게 손끝이 차가워졌다.
퇴근 시간이니까 인애 역시 이 근처 어딘가의
회사를 다니는 거겠지. 내일도 이 시간에
이곳에 오면 다시 인애를 마주치게 될지도
몰랐다. 그런데, 나는 정말 인애를 만나고
싶은 걸까? 인애를 만나서 무얼 하고 싶은
걸까. 그때 못 한 사과를? 아니면 그때 못다
한 어떤 마음을 건네기라도 하겠다는 걸까.

　　일주일 동안 버스 대신 지하철을 타고
퇴근했다. 버스보다 한참 돌아가는 경로였다.
일주일이 지나자 자신이 왜 확실하지도 않은
이유로 불편을 감수해야 하는지 억울해졌다.
그때 본 사람이 인애가 아니었을 수도
있었다. 착각했을 확률이 더 컸다. 고민

끝에 그런 결론을 내리고서야, 승혜는 퇴근
후 그 버스 정류장으로 갔다. 인애도 인애
비슷한 사람과도 마주치지 않았다. 다음 날도
마찬가지였다. 사흘째 되는 날, 승혜는 정류장
노선도 옆에 작은 포스트잇이 하나 붙어 있는
것을 보았다.

승혜야. 나야 인애.
만약 내가 본 게 네가 맞다면, 목요일 저녁
7시에 여기서 만날 수 있을까?

그날은 수요일이었다. 다음 날 승혜는
야근을 하느라고 밤 10시가 넘어 퇴근했다.
꼭 야근을 해야 할 만큼 급한 일이 있었던
건 아니지만, 그렇게 했다. 그날은 지하철을
타고 퇴근했고, 금요일날도 그랬다. 그다음
주 목요일이 되었다. 승혜는 모두 퇴근한

사무실에 혼자 남아 서랍을 정리했다. 다 하고 시간을 보니 저녁 7시 10분 전이었다. 마음이 급해졌다. 서둘러 정류장으로 가면서 인애가 없기를 바랐다. 도착하기 전 시계를 보니 7시 15분이었다.

인애는 그곳에 있었다. 472번 버스가 막 출발하는데도 인애는 가만히 정류장 벤치에 앉아 있었다. 그 모습이 조금도 어색하지 않았다. 아주 오래 무언가나 누군가를 기다려온 사람처럼 자연스럽고 그 자리에 있는 것이 당연해 보였다. 승혜가 숨을 고른 후 그 옆에 가서 가만히 앉자 인애가 돌아보고는 푹 하고 웃음을 터뜨렸다.

안녕.

응. 너도.

나도?

안녕.

서로 오래 묻지 못한 안녕을 나누자
10년간 떨어져 있던 시간의 공백이 한 장의
종이처럼 단숨에 얇아졌다.

　　인애는 간호사가 되었고 그 정류장에서
멀지 않은 개인 병원에서 근무한 지
5년이 넘는다고 했다. 승혜는 원래 다니던
사무실에서 근처의 작은 건축 사무소로
옮긴 지 얼마 안 되었는데 사장이 징그럽게
굴어서 곧 그만둘지도 모른다고 했다. 인애가
웃는 대신 심각하게 얼굴을 찌푸리며 내가
혼내줄까, 해서 승혜는 왠지 울 것 같은
심정이 되었다. 승혜의 일그러진 얼굴을
보고 인애가 말했다. 따뜻한 걸 먹으러 가자.
두 사람은 가까운 카페로 자리를 옮겼다.
승혜는 라테를 시키고 인애는 화이트모카를
시켰다. 승혜가 너 원래, 라며 말을 꺼내자
인애가 웃었다. 기억하네. 맞아, 나 원래 단걸

안 좋아하는데, 인애가 덧붙였다. 요즘 결혼 준비하느라 살이 좀 빠져서. 그러면서 인애가 가방에서 청첩장을 꺼내어 건넸다. 지난번에 버스를 타다가 네가 그 정류장 근처에 있는 걸 봤어. 네가 아닐 수도 있지만 혹시나 해서 너 보면 주려고 가지고 다녔어. 네가 꼭 와주었으면 좋겠어. 와줄 거지?

큰고모가 소개해준 남자와 만난 지 반년 만에 결혼을 한다고 했다. 남자의 회사가 있는 멀리 떨어진 곳에서 신혼 생활을 시작하게 되어 5년간 다닌 병원도 곧 그만둘 예정이라고 했다. 이번 주가 마지막 출근인데 이번에 널 못 만나면 다시는 못 보게 될까 봐. 인애는 처음 승혜, 혹은 승혜일지도 모르는 누군가를 우연히 본 이후로는 매일 저녁 한 시간씩 그 버스 정류장에서 기다렸다고 했다. 그 말을 하며 인애가 화이트모카를 한 모금 마시고는 너무 달다, 중얼거리며 내려놓았다.
마시고 싶지 않으면 억지로 마시지 마. 승혜가
말하자 인애가 아니야, 단걸 마시면 그래도
기운이 나, 하며 다시 잔을 들었다. 그날
인애는 화이트모카를 다 마시고 일어섰고
승혜는 좋아하는 라테를 반쯤 남기고
일어섰다.

　　승혜는 가지 않았다. 결혼식이 1시인데
오전 10시부터 결혼식 직전까지, 인애에게서
계속 메시지가 왔다. 널 다시 만나서 얼마나
기쁜지 몰라. 누구보다 네 축복을 받고
싶었어. 꼭 와줄 거지? 꼭 와. 기다릴게.
승혜야. 온다고 약속했잖아. 기다리고 있어.
승혜야. 나는. 어째서 너는. 너는 또 나를. 왜.
그렇게.

　　그날 가지 않은 결혼식에서 인애가
얼마나 아름다웠을지 승혜는 상상할 수

있었다. 인애가 입은 흰 웨딩드레스 자락이
파도의 흰 포말처럼 승혜의 머릿속에서
밀려왔다가 밀려갔다.

　어느 날은 해변의 요양원에 있는
자신을 누군가 면회 왔던 기억이 해일처럼
떠밀려 왔다. 이 기억은 어디서 온 걸까.
여자아이였다. 자갈을 줍던 여자아이. 예쁜
돌을 한가득 가방에 넣고는 조금도 무겁지
않다고 웃던 여자아이. 그 여자아이가 자신의
등을 쓰다듬어 주었다. 따뜻한 물로 목욕을
시켜주고 머리를 감겨주었다. 그리고 향이
좋은 보디 오일을 발라주었다. 그 손길이
따뜻한 여름날의 잔잔한 파도 같다고 느꼈다.
햇볕의 온기를 그대로 품어 넘실대는 파도
같다고. 나는 해변의 타자기가 되고 인애는
파도가 되고. 그래서 마침내 인애가 나를
바다로 데려가줄 거라는 그런 기억이 자꾸만.

승혜에게

　기억을 잃기 전, 해변에 유실되기 전에
자신을 수신인으로 한 글자가 제 몸에 찍히던
기억이 어렴풋이 떠오르기도 했다. 그건
누구였을까. 인애였나. 아니면 나였나. 참회나
용서의 말이, 회한과 그리움의 말이 쓰이려다
침묵하고 쓰이려다 침묵한 끝에 마지막
힘을 모아 쓴 것은 다만 평안과 안녕을 비는
마침표뿐이었다.

❖

　승혜는 기다렸다. 다음 날, 그다음 날도.
그러나 여자아이는 돌아오지 않았다. 무언가
남기고 싶은 글이 있어 이렇게 깨끗하게
단장해준 줄 알았는데 그게 아니라면 도대체

왜. 승혜는 두 번의 생을 살고 있지만 여전히
알 수 없는 것이 너무 많았다. 특히 바라는 것
없이 위해주고 내주는 마음에 대해서는 영영
알 수 없을 거였다. 겨울이 지나가고 있었다.
승혜는 날마다 봄빛을 닮아 짙어지는 푸른
바다를 보았다. 바다 깊숙한 곳에서 얼음이
녹고 어둠이 가라앉는 소리에 귀를 기울였다.
그렇게 혼자서 오래도록 여자아이, 혹은 다른
누군가를 기다리는 동안 승혜는 한 가지
생각을 반복했다.

쓰고 싶다.
쓰이고 싶다.
기억하고 싶다.
기억되고 싶다.
살고 싶다.
싶다.

다.

　　바람이 불었다. 오래전에 누군가 두고
간 시집이 파도에 떠밀려 승혜의 곁에서
촤르륵 제 몸을 아코디언마냥 켜며 노래했다.
한때 승혜도 타자기가 된 후 많은 시들을
노래했다. 여름에 대해, 해변에 대해, 보이는
것과 보이지 않는 것, 사라지거나 사라지지
않는 것에 대해서도. 비가 내리고 바람이 더
세게 불었다. 해변의 모래 위를 떠돌던 검은
비닐봉지가 제 텅 빈 몸을 부풀려 갈매기보다
더 높이 더 멀리 날기 시작했다. 승혜 역시
바람에 몸이 가벼워지는 것을 느꼈다. 이제
진짜 해변의 모래알이 된 건가, 생각하는데
거센 바람에 가볍게 들어 올려졌던 몸이 다시
거칠게 바위 위로 내동댕이쳐지며 세상이
쪼개지는 것 같은 굉음을 내었다. 승혜는

자신의 몸이 아주 작게 부서지고 조각나는 것을 느꼈다. 정말 이게 끝인가. 승혜는 생각했다. 아직 다 쓰지 못한 말이 있는데. 마지막에 쓰고 싶었던 게 있었는데. 뭐였더라. 환희의 송가. 창세기. 중력과 은총. 녹색 광선. 그리고 파도. 그래 파도.

파도가 밀려왔다. 파도가 조각난 승혜를 덮쳤다.

파도가.

나를.

우리는.

마침내.

지금.

여기.

서로.

있다.

잊

다

.

온점. 마침표.

그것이 인간 여자 고승혜가 해변의
타자기의 생을 거쳐 전환된 마지막 생의
모습이었다.

마침내 승혜는 고요히 단단하고 가장
강한 작은 돌, 하나의 마침표로 남았다.

작가의 말

기억에 관한 농담, 타자기 솔로

너는 커서 뭐가 될래? 이런 질문을 받을
나이는 오래전에 지났지만, 장래희망은
늘 있는 법. 너는 늙어서 뭐가 될래? 라고
묻는다면, 나는 이렇게 대답할 거였다. 해변의
타자기가 되고 싶다고.

❖

아버지가 말의 기억을 잃어갈 때, 나는
자주 궁금했다. 아버지가 잃어버린 말들은
모두 어디로 가나. 수고, 안녕, 양말, 된장찌개,
딸, 미안, 그런 잃어버린 말들이 떠다니는
광활한 우주가 있을 거라고 상상했다.
아버지가 잃어버린 다정하고 고운 말들이
먼저 가서 아버지를 기다리고 있는 장면을
상상하면 마음이 조금은 좋아졌다. 당신,
고맙습니다. 마지막으로 아버지가 그 말을
잃었을 때, 나는 먼저 가 있던 그 말이 뒤늦게
온 아버지를 따뜻하게 환대해주는 상상을
했다. 고맙습니다. 당신. 그 곁에는 보고
싶다와 기다릴게 같은 말들이 같이 떠다니고
있을 거였다.

왜인지 그 시기에 나 역시 많은 말들을

잃었는데, 내가 다시 소설을 쓰기 시작한 건
그 말들을 붙잡고 싶어서였다. 다시 되찾을
수 없다면 최소한 내가 잃어버릴 말의
순서는 내가 정하고 싶다는 마음이기도 했다.
그러니까 끝까지 붙들고 싶은 말, 그건 끝까지
간직하고 싶은 기억의 언어이기도 했다.

나이가 든다고 어른이 되는 건 아니지만
(어른의 어른다움에 방점을 찍고 본다면) 나이가
들며 노인은 착실히 되는 것 같다. (노인이란
지혜보다 몸의 노화에 초점이 있는 것 같으니)
그런 의미에서, 나는 어른은 건너뛰고 초보
노인의 길에 접어든 것 같다. 그래서 슬픈가
하면, 그렇지는 않고 조금 불편은 한데
재미있기도 하다. 내 몸이 이렇게 쉽게 고장

날 수 있다니! 단지 하던 대로 일상을 살았을 뿐인데. 늘 들고 다니던 노트북이 든 숄더백 때문에 오른쪽 어깨가 고장 나더니, 그래서 크로스백을 메고 다녔더니 이번엔 왼쪽 어깨가 고장이 났다. 오십견이란 말이 붙은 질환을 정말 딱 만 50세의 나이에 겪는다는 게 신기하고 심통도 났다. 나는 참 착실하게 보편적인 늙음을 겪는구나, 싶으니 이 보편의 감각으로 나이 듦에 대해 재미있게 써볼 수 있겠다는 생각이 들었다. 노화라는 건, 나를 새롭게 발견하는 일이고 세상을 다르게 감각하는 일이었다. 그러니 늙음은 생이 지루해질 즈음 건네는 꽤 재치 있는 농담이자 소멸을 완성하기 위한 탁월한 진화인지도 모른다.

무한한 가능성 안에서 갈피를 못 잡고 작아지고 숨어드는 시기를 지나, 몸의 한계를

인정하며 가능한 것 안에서 덜 나쁜 것을
택하며 살아가기 시작했다. 실은 이 방식이
내게는 꽤 잘 맞아서 나는 애초에 늙음이 잘
맞는 체질인 걸까, 생각하기도 한다. 어쩌면
나이가 든다고 현명해지거나 안정되는 게
아니고, 그러지 않을 수도 있고 그렇다고 그게
실패나 틀린 게 아니며, 여전히 헤매도 되고
더 잘 헤매는 방식으로 살아가도 된다는 걸
조금은 알게 되었기 때문인지도 모르겠다.
그런데, 정말 그런가? 아니다. 실은 불안한
것이다. 그래서 열심히 늙음도 괜찮다고 나를
달래며 어떻게 늙어갈 것인가를 생각해보는
거겠지. 보편 노인의 불안을 안고 소멸의
방식을 열심히 농담의 형태로 고민해보면서.
그러나 불안하기 때문에 타인의 불안을 내
것처럼 감지할 수 있고 같이 웃을 농담도
만들 수 있는 거라면, 더 불안해보아도 좋지

않을까.

❖

　너는 커서 뭐가 될래? 아무도 묻지 않아서
내가 묻고 내가 답을 해본다. 내 몸을 낡은
타자기로 사용하며 짠 소금기가 느껴지는
바다 냄새를 온몸에 적신 채로, 생의 비린내를
풍기며 갈매기만 알아듣는 글자를 허공에
띄우며 매일 창세기를 써나가는 삶. 그것이
흔히 말하는 반평생을 지나오며 내가 내게
내리는 생애전환 시행령이다.

2025년 가을
박지영

박지영 작가 인터뷰

Q. 타자기가 된 승혜가 해변가에 홀로
놓인 장면이 오래오래 기억에 남았습니다. 이
소설의 시작점은 어디였나요?

A. 글을 안 쓰거나 못 쓰던 시절에,
타자기가 있으면 쓸 수 있을 거라고 생각한
적이 있어요. 두드리는 소리와 타격감도 좀 더
강하고, 글을 쓰는 용도 외에는 다른 아무것도
없고, 그리고 바로 종이에 찍혀 나오기 때문에
한 문장 한 문장씩 좀 더 신중하게 적어야
하는, 타자기를 사랑하는 사람들이 타자기를
사랑하는 그 모든 이유 때문에 타자기를
막연히 갖고 싶었어요. 그래서 타자기를
알아보며 타자기를 사랑했던 작가들, 우디
앨런이나 폴 오스터, 찰스 부코스키의
타자기를 탐내기도 했었고요.
그러다가 알게 되었어요. 나는 타자기를

갖고 싶은 게 아니라 타자기가 되고 싶은 거라는 걸. 그리고 그 무렵, 건강검진 통지서에서 생애전환주기 건강검진이라는 말을 보는데, 이런 질문이 떠올랐습니다. 이때에 진짜 생을 전환할 수 있게 된다면 어떨까?

그렇게 이야기가 시작되고 고승혜 타자기가 만들어졌습니다. 그리고 타자기가 된 승혜의 마지막은 제가 저의 마지막을 생각할 때 늘 떠올리는 장소에서 맞이할 수 있게 해주고 싶었어요. 모두가 떠나고 한때의 즐거운 여름의 기억을 담은 유실물들만 잔해처럼 뒹구는, 쓸쓸하지만 외롭지 않은 겨울의 해변에서요.

Q. 타자기가 된 승혜가 처음 새겼던 구절은 찰스 부코스키의 소설 일부예요. 부코스키는 하급 노동자, 부랑자의 삶을 전전하며 '하류 인생'을 노래했던 대표적인 시인이자 소설가인데요. "연고 없고 노후 자금 없이 가난하게 홀로 병들고 아프게 늙어갈 일만 남은 노인들"(17~18쪽), 승혜의 인생과 부코스키의 소설이 겹쳐지면서 가슴이 턱 막히는 기분이었어요. 생애전환 시행령이 채택된 세계에선 막연히 인간답게 죽는 것만이 존엄의 영역은 아닌 것처럼 보입니다. 누구보다도 생애전환을 반겼던 '노인들'에게 존엄한 인간이란, 존엄한 죽음(전환)이란 과연 무엇일까요?

A. 가난하고 고독한 사람들은 어떻게 죽는가, 라는 질문을 저는 늘 안고 사는

것 같습니다. 삶만큼 죽음의 형태도, 혹은
죽음만큼은 누구에게나 공평하게 존엄해야
한다는 생각을 하기 때문에 더 자주, 줄곧
그에 관해 생각하고 있는 건지도 모르겠어요.

생애전환 시행령을 적극적으로 반겼던
노인들에게 인간으로서의 존엄이란
소유—그것이 재산이거나 명예이거나
누군가의 애정이거나 그 무엇이건 가치의
질량을 매기는—에 의해 그 무게가 달라지는
것이고, 그들이 꿈꾸는 건 다만 존엄의
무게를 재지 않는 균등한 존재의 무연한
삶의 체현 아닐까 생각해보았습니다. 존엄한
인간이나 존엄한 죽음은 내가 인간인 채로
살아서는 결코 얻을 수 없는 것이라는 확고한
좌절과, 그러나 이 생을 벗어나 다른 생으로
전환하면 그때는 새롭고 온전한 존엄에 이를
수 있으리라는 희망이 복합된 선택인 거죠.

무엇보다 자유롭게(자유의 한계는 있지만) 생을 '선택'했다는 존엄은 확보되는 것이니까요.

모두가 저마다의 형태로 스스로 선택한 본질의 존엄에 도달하는 것, 그 상태에 이르는 것. 그것이 생애전환이라고 노인들은(물론 모두가 그런 것은 아니고 승혜와 비슷한 이유로 생애전환을 선택하고 대체로 무생물이나 비물질을 선택한 사람들의 경우) 믿습니다. 그것은 죽음이 아니라 말 그대로 스스로 선택한 존엄한 생으로의 전환이기 때문에 그들은 그것을 기대하고 반기며 실은 그 모든 것이 거대한 속임수에 지나지 않을지도 모른다고 생각하면서도 전환 이후의 생을 믿기로 선택합니다. 비참한 죽음만이 기다리고 있는 미래를 상상하는 것보다 최소한, 지금의 삶을 더 단단하게 만들어주니까요.

물론 그에 따르는 진지한 질문, 사회적

효용을 다했다고 판단당한 특정 부류를
정당하게 안락사시키려는 비윤리적
정책이라는 논의는 뒤로하고요. 그 이야기는
다음에 더 할 기회가 있을 거라고 생각합니다.
다른 전환자들의 이야기를 통해서요.
그리고 이 모든 것은 사실, 기억을 잃어가는
노인들에게 주입된 가짜 기억, 거짓 희망일 수
있다는 이야기도요.

Q. "다음 생에서까지 다른 모습으로 만나고 싶은 사람도, 그런 부질없고 낭만적인 약속을 할 감정도 남아 있지 않은"(25쪽) 인간 여자 승혜는 '생애전환 검진표'의 전환 가부를 결정하는 문항에는 망설임 없이 '예'를 고르고, 3지망까지 적어 내라는 구체적인 요구 앞에서는 망설이기만 해요. 작가님이라면 전환을 선택하실지, 3지망까지 적는다면 무엇을 적고 싶으신지 궁금합니다.

A. 실은, 생애전환을 하기에 만 66세는 너무 이르지 않나 생각해요. 지금 제 소망은 70대에 아주 멋진 소설을, 평생의 역작을 한 편 쓰는 것이니까요. 그건 쓰고 전환에 이르렀으면 좋겠어요. 인간의 삶을 내려놓기에는 저는 아직 붙들고 싶은 것이 많은가 봅니다. 그러나 지금으로선 꽤 멀게

느껴지는 만 88세에 생애전환을 한다고
가정을 해본다면…… (10년 후가 되면 또 만
99세로 미루고 싶어질지도 모르지만요) 3지망이 셋
중 하나가 아니라 세 가지의 생을 다 경험할
수 있는 거라면 좋겠네요. 첫 번째는 해변의
타자기. 저도 갈매기나 꽃게가 쓰는 이야기의
첫 번째 수신자가 되어보고 싶고요. 두
번째는 파도의 흰 포말. 아직 승혜와 인애의
이야기에서 벗어나지 못했기 때문인 거겠죠.
그리고 마지막으로는 잠시 머물렀다가
사라지는 이런 말이 되면 좋을 것 같네요.
고스란히. 혹은 가지런히.

한 조각의 문학, 위픽 wefic

구병모 《파쇄》

이희주 《마유미》

윤자영 《할매 떡볶이 레시피》

박소연 《북적대지만 은밀하게》

김기창 《크리스마스이브의 방문객》

이종산 《블루마블》

곽재식 《우주 대전의 끝》

김동식 《백 명 버튼》

배예람 《물 밑에 계시리라》

이소호 《나의 미치광이 이웃》

오한기 《나의 즐거운 육아 일기》

조예은 《만조를 기다리며》

도진기 《애니》

박솔뫼 《극동의 여자 친구들》

정혜윤 《마음 편해지고 싶은 사람들을 위한 워크숍》

황모과 《10초는 영원히》

김희선 《삼척, 불멸》

최정화 《봇로스 리포트》

정해연 《모델》

정이담 《환생꽃》

문지혁 《크리스마스 캐러셀》

김목인 《마르셀 아코디언 클럽》

전건우 《앙심》

최양선 《그림자 나비》

이하진 《확률의 무덤》

은모든 《감미롭고 간절한》

이유리 《잠이 오나요》

심너울 《이런, 우리 엄마가 우주선을 유괴했어요》

최현숙 《창신동 여자》

연여름　《2학기 한정 도서부》

서미애　《나의 여자 친구》

김원영　《우리의 클라이밍》

정지돈　《현대적이라고 말할 수 없는 죽음들》

이서수　《첫사랑이 언니에게 남긴 것》

이경희　《매듭 정리》

송경아　《무지개나래 반려동물 납골당》

현호정　《삼색도》

김　현　《고유한 형태》

이민진　《무칭》

김이환　《더 나은 인간》

안　담　《소녀는 따로 자란다》

조현아　《밥줄광대놀음》

김효인　《새로고침》

전혜진　《고르디우스의 매듭을 자르면》

김청귤　《제습기 다이어트》

최의택　《논터널링》

김유담　《스페이스 M》

전삼혜　《나름에게 가는 길》

최진영　《오로라》

이혁진　《단단하고 녹슬지 않는》

강화길　《영희와 제임스》

이문영　《루카스》

현찬양　《인현왕후의 회빙환을 위하여》

차현지　《다다른 날들》

김성중　《두더지 인간》

김서해　《라비우와 링과》

임선우　《0000》

듀　나　《바리》

한유리　《불멸의 인절미》

한정현　《사랑과 연합 0장》

위수정　《칠면조가 숨어 있어》

천희란　《작가의 말》

정보라　《창문》

이주란　《그때는》

김보영　《헤픈 것이다》

이주혜　《중국 앵무새가 있는 방》

정대건 《부오니시모, 나폴리》
김희재 《화성과 창의의 시도》
단 요 《담장 너머 버베나》
문보영 《어떤 새의 이름을 아는 슬픈 너》
박서련 《몸몸》
금정연 《모두 일요일이야》
박이강 《잡 인터뷰》
김나현 《예감의 우주》
김화진 《개구리가 되고 싶어》
권김현영 《수신인도 발신인도 아닌 씨씨》
배명은 《계화의 여름》
이두온 《돈 안 쓰면 죽는 병》
김지연 《새해 연습》
조우리 《사서 고생》
예소연 《소란한 속삭임》
이장욱 《초인의 세계》
성해나 《우리가 열 번을 나고 죽을 때》
장진영 《김용호》
이연숙 《아빠 소설》
서이제 《바보 같은 춤을 추자》
권희진 《일단 믿는 마음》
정이현 《사는 사람》
함윤이 《소도둑 성장기》
백세희 《바르셀로나의 유서》
이현석 《고백의 시대》
임솔아 《엄마 몰래 피우는 담배》
김유원 《와이카노》
백온유 《연고자들》
김 홍 《곰-사냥-인간》
김유나 《공》
권혜영 《그냥 두세요》
박지영 《찰스 부코스키 타자기》
신 민 《추분》
이미상 《셀붕이의 도》

위픽은 위즈덤하우스의 단편소설 시리즈입니다.
'단 한 편의 이야기'를 깊게 호흡하는
특별한 경험을 선사합니다.

이 작은 조각이 당신의 세계를 넓혀줄
새로운 한 조각이 되기를.
작은 조각 하나하나가 모여
당신의 이야기가 되기를.

당신의 가슴에 깊이 새겨질
한 조각의 문학, 위픽

위픽 뉴스레터 구독하기
인스타그램 @wefic_book

 — 98

찰스 부코스키 타자기

초판 1쇄 인쇄 2025년 9월 23일
초판 1쇄 발행 2025년 10월 22일

지은이 박지영
펴낸이 최순영

출판2 본부장 박태근
스토리 팀장 김소연
편집 곽선희 김다인 김해지
디자인 이세호

펴낸곳 ㈜위즈덤하우스   **출판등록** 2000년 5월 23일 제13-1071호
주소 서울특별시 마포구 양화로 19 합정오피스빌딩 17층
전화 02) 2179-5600   **홈페이지** www.wisdomhouse.co.kr

ⓒ 박지영, 2025

ISBN 979-11-7171-531-2 04810
        979-11-6812-700-5 (세트)

값 13,000원

· 이 책의 전부 또는 일부 내용을 재사용하려면 반드시 사전에
  저작권자와 ㈜위즈덤하우스의 동의를 받아야 합니다.
· 인쇄·제작 및 유통상의 파본 도서는 구입하신 서점에서 바꿔드립니다.